Après la pluie, le beau temps
et autres contes

LAURE MI HYUN CROSET

Je souhaite exprimer ma plus vive gratitude
à Bruno Fabresse pour son soutien indéfectible
et son aide précieuse.

À PROPOS DE L'AUTEURE

Laure Mi Hyun Croset est une écrivaine suisse née en 1973 à Séoul.

Son recueil de nouvelles, *Les Velléitaires* (Luce Wilquin 2010), relate avec ironie des tranches de vie de personnages qui abandonnent rêves et projets au lieu de les réaliser.

Polaroïds (Luce Wilquin 2011, prix Ève de l'Académie Romande 2012) narre l'histoire de ses hontes comme autant de petits instants de solitude dans lesquels on se reconnaît aisément.

On ne dit pas « je » ! (BSN Press 2014) raconte sans jugement ni complaisance le parcours d'un ancien toxicomane devenu le fondateur d'un label de musique électronique.

LA COLLECTION MONDES EN VF

Des œuvres littéraires contemporaines
d'auteurs francophones

Collection dirigée par Myriam Louviot
Docteur en littérature comparée

www.mondesenvf.com

Le site *Mondes en VF* vous accompagne pas à pas pour enseigner la littérature en classe de FLE avec :

- une fiche « Animer des ateliers d'écriture en classe de FLE » ;
- des fiches pédagogiques de 30 minutes « clé en main » et des listes de vocabulaire pour faciliter la lecture ;
- des fiches de synthèse sur des genres littéraires, des littératures par pays, des thématiques spécifiques, etc.

Téléchargez gratuitement
la version audio MP3

Dans la collection Mondes en VF

La cravate de Simenon, NICOLAS ANCION, 2012 (A2)

Pas d'Oscar pour l'assassin, VINCENT REMÈDE, 2012 (A2)

Papa et autres nouvelles, VASSILIS ALEXAKIS, 2012 (B1)

Quitter Dakar, SOPHIE-ANNE DELHOMME, 2012 (B2)

Enfin chez moi !, KIDI BEBEY, 2013 (A2)

Jus de chaussettes, VINCENT REMÈDE, 2013 (A2)

Un cerf en automne, ÉRIC LYSØE, 2013 (B1)

La marche de l'incertitude, YAMEN MANAÏ, 2013 (B1)

Le cœur à rire et à pleurer, MARYSE CONDÉ, 2013 (B2)

La voyeuse, FANTAH TOURÉ, 2014 (A2)

New York 24 h chrono, NICOLAS ANCION, 2014 (A2)

Orage sur le Tanganyika, WILFRIED N'SONDÉ, 2014 (B1)

Combien de fois je t'aime, SERGE JONCOUR, 2014 (B1)

Un temps de saison, MARIE NDIAYE, 2014 (B2)

Nouvelles du monde, AMÉLIE CHARCOSSET, HÉLÈNE KOLSCIELNIAK, NOURA BENSAAD, 2015 (A2)

L'Ancêtre sur son âne et autres nouvelles, ANDRÉE CHEDID, 2015 (B2)

Les couleurs primaires, MÉLISSA VERREAULT, 2016 (A2)

Après la pluie, le beau temps

Depuis trois semaines, elle rêve de ce moment. Maintenant, elle est là, debout dans cette gare froide et humide, et elle a soudain envie de fuir. Elle ne sait même pas pourquoi.

Tout a commencé sur Internet.

C'était un samedi soir, après un vernissage[1] dans une galerie tenue[2] par des amis. Malgré sa nature solitaire, elle est restée avec les organisateurs après la fermeture. Chacun a repris ses occupations habituelles. Un peu par ennui, son amie Jeanne a commencé à discuter sur un site de rencontres. Elle s'amusait beaucoup, alors peu à peu les autres sont

---

1. Vernissage (n.m.) : *Fête, réception au moment de l'ouverture d'une exposition artistique.*
2. Tenir (v.) : *Ici, s'occuper de.*

venus vers elle. Ils l'ont aidée à écrire ses réponses. Le pauvre garçon, de l'autre côté, devait avoir une drôle d'impression. La femme avec qui il communiquait avait toutes les qualités : créative, cultivée[3], pleine d'humour, elle semblait aussi très informée dans le domaine de la politique et même spécialiste de foot. Ils ont beaucoup ri. Ensuite, ils ont terminé toute la vodka disponible sur place. Puis ils sont allés en discothèque. Ils y ont bu encore davantage de vodka. Quand elle est rentrée, le soleil était déjà haut dans le ciel.

Elle s'est réveillée avec un terrible mal de tête. Elle pensait travailler sur son roman. Mais elle a vite compris que ce jour ne serait utile à rien. Elle a essayé de se rappeler sa soirée de la veille. Elle se souvenait à peine avoir pris un taxi avec les autres pour aller dans un club situé un peu en dehors de la ville. Elle a ri encore une fois de ce pauvre garçon qui avait chatté[4] avec cinq personnes. Il croyait sans doute avoir échangé avec une femme seule à la recherche de l'amour. Pour passer le temps, elle a décidé de s'inscrire elle aussi sur ce site. Elle

3. Cultivé (adj.) : *Qui a beaucoup de connaissances, qui a une grande culture.*
4. Chatter (v.) : *Échanger sur un forum de discussion sur Internet.*

allait s'occuper jusqu'au moment où elle pourrait commencer une vraie nuit de repos. Jeanne lui avait dit que le service était gratuit pour les femmes. Son féminisme n'était pas vraiment d'accord avec ça, mais en vérité ça l'arrangeait. Elle croyait que c'était seulement pour une fois. Elle était sûre de ne pas recommencer après ce jour-là.

Très vite, des images sont apparues dans sa fenêtre de chat : des hommes cherchaient à la contacter. Elle en a trouvé quelques-uns très intelligents et d'autres vraiment peu intéressants. Mais ils étaient tous assez émouvants. Finalement, elle a décidé de continuer quelque temps pour voir. Elle pensait écrire un recueil de nouvelles, quand elle aurait fini son roman. Peut-être trouverait-elle des idées de personnages ou des histoires qui pourraient l'inspirer.

Deux jours plus tard, elle a commencé à correspondre avec ce jeune homme si différent et qui écrivait lui aussi. Elle a rapidement visité sa page. Son profil lui a plu. Il lui a posé des questions sur son travail littéraire. Elle lui a donné les mêmes conseils qu'aux étudiants de son atelier d'écriture. Elle a appris finalement que le jeune homme avait publié plus de livres qu'elle. Il travaillait sur son quatrième roman policier, alors qu'elle écrivait seulement son deuxième ouvrage. Il lui a exprimé son admiration pour « la grande écriture », la vraie littérature ! Ils se sont écrit pendant six mois de façon assez irrégulière. Durant une première période, ils se sont envoyé en moyenne un e-mail par demi-journée. Ensuite un message arrivait tous les deux ou trois jours. L'échange a trouvé son équilibre avec un message par semaine. Leur correspondance était chaleureuse[5] mais sans séduction. Il y était surtout question de littérature.

En automne, elle a dû aller à Paris pour voir son éditeur. Du coup, elle a contacté tous les hommes dont elle avait fait la connaissance sur Internet. Elle ne cherchait pas un compagnon. En vérité, elle n'avait aucune difficulté à faire des rencontres ni à partager son lit pendant une nuit. Mais le jeu commençait à lui plaire. Elle se demandait comment étaient ces gens à qui elle avait écrit sans vraiment les connaître. Elle avait exprès cherché des hommes à Paris et pas dans sa ville, Genève. Elle n'avait pas voulu faire l'effort de rencontrer ses interlocuteurs[6]. Tout à coup, cependant, elle est devenue curieuse.

---

5. Chaleureux (adj.) : *Enthousiaste, amical.*
6. Interlocuteur (n.m.) : *Personne avec qui on parle.*

Elle a rencontré le premier de ses contacts parisiens. Il était extraordinairement amusant, mais manquait de sérieux. Il tenta de l'enlacer[7]. En guise de réponse, elle lui a souri d'un air désolé. Le second avait l'esprit vif, mais le corps lourd et maladroit. Elle a adoré sa conversation, mais a oublié qu'il était un homme. Le troisième s'est montré au-delà de ses espérances et lui a évité de rencontrer le quatrième.

L'auteur de romans policiers, qui avait paru n'être qu'un garçon intelligent et doué, était un être incroyable. C'était un homme fin, élégant et juste assez sauvage pour lui permettre de tomber amoureuse. Elle lui a consacré[8] toutes ses soirées libres. Puis elle est repartie le cœur serré[9]. Elle savait que c'était idiot. Comme une adolescente, elle a repensé pendant toute la durée de son trajet en train aux trop courts instants qu'ils avaient partagés.

Dix jours plus tard, elle a reçu un appel de lui. Elle était parfaitement prête à l'écouter. Il lui a simplement dit qu'il n'arrivait pas à l'oublier. Il voulait, malgré la distance, vivre une histoire avec

---

7. Enlacer (v.) : *Prendre dans ses bras.*
8. Consacrer (v.) : *Ici, donner.*
9. Avoir le cœur serré (expr.) : *Être triste.*

elle. Elle ressentait la même chose. Ils ont beaucoup communiqué pour choisir quand il pourrait la rejoindre pour passer un week-end dans sa ville. Ils ont fixé une date pour se revoir trois semaines plus tard. Elle a cru mourir mille fois d'impatience pendant la première semaine. Elle est sortie de l'enchantement[10] durant la deuxième. Et elle a cru que son cœur allait exploser pendant toute la durée de la troisième.

Il est venu à Genève. Elle lui a fait découvrir les lieux qui lui plaisaient dans la petite ville. Il a aimé découvrir sa vision de cette cité qui lui avait paru un peu triste au premier abord. Son séjour a été parfait. Ils ont adoré et détesté les mêmes choses. Ils se sont aussi émerveillés de ne jamais se fatiguer de la présence de l'autre.

Un mois plus tard, elle lui a rendu visite à Paris. Le miracle[11] a eu lieu à nouveau. Les deux êtres, d'habitude sauvages, en compagnie l'un de l'autre, devenaient aimables. Leurs mauvais esprits associés formaient un humour frais et charmant. Leurs amis ne les reconnaissaient pas. Ils étaient

---

10. Enchantement (n.m.) : *Magie.*
11. Miracle (n.m.) : *Événement extraordinaire, incroyable.*

complètement transformés. À la fin du séjour, ils se sont promis de se revoir le mois suivant.

Elle l'attend donc là, sur le quai, dans l'air glacé[12] du matin. Elle s'est levée terriblement tôt pour un homme que finalement elle ne connaît presque pas. Il arrive, souriant, mais décoiffé. Elle l'observe, essayant de retrouver dans ce garçon qu'elle a tant aimé un être qu'elle connaît. Elle trouve son visage bizarre, presque trop long. Elle regarde sa valise en mauvais état et y voit un manque de soin. Comme elle n'aime pas se montrer si dure, elle lui fait un sourire. Il lui sourit en retour. Elle parle beaucoup, presque trop. Elle a peur du silence qui trahirait sa distance, sa fuite. Ils arrivent chez elle, qu'il appelle « chez nous ». Cela l'énerve. Elle sert deux doubles martinis blancs. Pendant qu'il passe à la salle de bains, elle boit d'un coup son verre et s'en ressert un. Ils trinquent[13] sur le balcon. Alors qu'il regarde le Salève, elle fixe les Alpes. Il lui raconte son voyage. Elle l'écoute avec impatience, en observant les petites bulles de salive[14] qui se forment au bord de ses lèvres. Elle n'a

---

12. Glacé (adj.) : *Très froid.*
13. Trinquer (v.) : *Faire sonner légèrement son verre contre celui de quelqu'un.*
14. Salive (n.f.) : *Eau dans la bouche.*

qu'un désir : se coucher très tôt et se réveiller sans lui. Il lui vient même l'idée de l'insulter[15]. Elle a envie de se montrer violente et injuste pour lui faire perdre pour toujours l'envie de dire « chez nous ». Mais elle est curieuse de savoir jusqu'où son ennui ira. Quand il lui parle de sa voisine de voyage, une très belle lectrice, elle sent un couteau lui frapper le cœur. Elle a compris. Elle sourit et trinque à nouveau, en le regardant dans les yeux, cette fois-ci.

---

15. Insulter (v.) : *Dire des choses méchantes.*

Il ne faut pas dire : « Fontaine[16], je ne boirai pas de ton eau »

Depuis quelque temps, il trouve les gens trop superficiels[17]. Leur compagnie lui semble parfaitement stupide et inutile. Il décide donc de trouver une solution radicale pour fuir son ennui : il quittera le monde pendant un mois, vingt-huit jours exactement. Il n'aime pas spécialement la campagne. Il préfère vivre confortablement. L'idée lui vient alors de rester simplement chez lui. Il informe sa famille et ses amis qu'il partira pour un mois dans une maison qu'on lui prête dans le sud de la France. Tout le monde est habitué à ses explications courtes. Personne ne lui demande donc de

---

16. Fontaine (n.f.) : *Objet qui distribue l'eau dans un parc ou sur une place.*
17. Superficiel (adj.) : *Sans profondeur.*

précisions. Cela l'arrange. La réaction de ses amis face à son projet ne l'intéresse pas, mais il ne veut pas être dérangé dans sa solitude.

La veille, il était à un vernissage. La soirée n'était pas particulièrement désagréable. Pourtant, il s'est senti fatigué de voir, comme d'habitude, des gens élégants et vides. Les quelques conversations entendues étaient trop remplies de noms propres pour l'intéresser. Il a bu à la santé des artistes, des galeristes et du public. Ensuite, il est rentré chez lui terminer tranquillement la bouteille de whisky qu'un ami lui avait rapportée d'Écosse. L'idée de sortir du monde est née aujourd'hui dans sa tête. C'est la pensée la plus excitante[18] qu'il a eue depuis des mois. Il décide de se donner une semaine pour organiser son projet. Il se sent comme un adolescent prêt à faire une fugue[19]. Son cœur bat un peu plus vite quand il écrit sur son cahier les étapes de sa préparation.

Tout d'abord, il doit acheter assez de provisions pour tenir un mois. Il emprunte alors la voiture de sa sœur en lui donnant une fausse raison. Ce mensonge lui semble délicieux. Bien sûr, il ment tout

18. Excitant (adj.) : *Stimulant, motivant, séduisant.*
19. Fugue (n.f.) : *Action de partir rapidement, fuir.*

le temps dans ses livres. Mais ce n'est pas la même chose. Dire des choses qui ne sont pas réelles mais qui existent parce que quelqu'un y croit lui paraît formidable. Au fond, les gens ne veulent pas savoir qui il est vraiment. Ils s'intéressent plus à ce qui pourrait être. Tous ses mensonges concernant des choses possibles sont crus. C'est logique : il est moins fatigant de les croire que d'imaginer pourquoi il pourrait bien les inventer.

Il va dans le plus grand magasin qu'il connaît. Il s'amuse comme un enfant à remplir des caddies[20] de produits. Il en remplit cinq, qu'il paye en cinq fois. Il achète du vin, du whisky, du papier-toilette, du papier essuie-tout, trois kilos de pâtes, deux de riz, des produits surgelés, des épinards à la crème et des pizzas. Il achète aussi un mélange de légumes asiatiques pour wok, de la viande hachée de bœuf, de l'émincé de poulet, du poisson pané, des noix de Saint-Jacques[21] et du pain précuit. Il prend également des lentilles, de la semoule de maïs, cinq kilos de pommes de terre, trois kilos de carottes, des saucissons secs et des saucissons fumés, un

---

20. Caddie (n.m.) : *Chariot en métal pour transporter les marchandises ou les bagages (supermarché, aéroport).*
21. Noix de saint-Jacques (n.f.) : *Animal vivant dans un coquillage.*

jambon espagnol entier, divers fromages, un pot de moutarde, une grosse bouteille d'huile d'olive vierge, une grande bouteille de sauce soja, une petite bouteille de vinaigre balsamique, trois paquets de café moka, dix litres de jus d'orange et cinq de lait, un peu de crème légère, quelques boîtes de thon et de sardines, des tomates séchées et deux gros bocaux de cornichons. Il achète aussi de la margarine et du beurre, tout en vérifiant qu'ils seront encore bons pendant toute la durée de son projet.

Il met dans un nouveau caddie des paquets de feuilles A4 et des cartouches d'encre[22] pour son imprimante. Il y ajoute de la mousse à raser et deux petits savons de Marseille. Il achète aussi des ampoules de rechange pour les lampes de son bureau et de son lit et des piles[23] pour sa lampe de poche. Il choisit trois petits briquets[24] noirs et deux grandes cartouches[25] de Lucky Strike.

Le lendemain, il se rend dans une librairie et achète tous les romans qui sont sortis depuis la

---

22. Cartouche d'encre (n.f.) : *Recharge, réservoir d'encre pour une imprimante.*
23. Pile (n.f.) : *Petite batterie. Appareil qui produit de l'électricité.*
24. Briquet (n.m.) : *Petit appareil permettant d'obtenir une flamme.*
25. Cartouche (n.f.) : *Ensemble de plusieurs paquets de cigarettes dans un même emballage.*

rentrée littéraire[26]. Il emporte aussi les deux romans de l'écrivain Michel Butor qui lui manquent pour préparer l'interview du grand homme qu'il fera à l'occasion de ses quatre-vingt-dix ans. Il achète tous les textes de Bret Easton Ellis qu'il s'est promis de lire. Il pense que cela lui offrira un petit changement par rapport à ses lectures de classiques.

Il passe ensuite à la pharmacie et achète des médicaments contre les maux de ventre, ceux de tête et aussi contre la grippe[27]. Il prend également une petite boîte de calmants.

La veille du jour qu'il s'est fixé, il va dans une épicerie bio située près de chez lui et achète des épices, des oignons frais, de la salade, des tomates cerise et des grandes, trois grosses aubergines, dix courgettes, des poireaux, du brocoli, des pommes, des poires, des figues, du raisin et des citrons. Il prend aussi deux paquets de biscuits.

Il se rend ensuite dans une excellente boucherie où il achète cinq entrecôtes, dix côtelettes

26. La rentrée littéraire : *En septembre, période où sont publiés de nombreux livres.*
27. Grippe (n.f.) : *Maladie qui provoque de la fièvre, des maux de tête, de la toux et de la fatigue.*

d'agneau et trois filets[28] de canard. Il n'oublie pas de demander au boucher s'il n'y a pas de problème à congeler cette viande.

Arrivé chez lui, il place certains produits frais au réfrigérateur et d'autres dans son grand congélateur. Il vide ensuite la chambre d'amis de tous ses objets, sauf du lit et de la table de nuit. Il range le reste de ses achats en mettant les aliments qui doivent être mangés en premier devant ceux qui peuvent être conservés plus longtemps. Il en fait même la liste sur son ordinateur avec le bonheur d'un enfant qui joue à l'épicerie.

Ensuite, il débranche[29] son téléphone fixe et éteint son téléphone portable. Il est excité à l'idée de se retrouver seul avec lui-même. Il décide, pour ne pas déprimer, de se lever chaque matin à la même heure. Il va faire un peu de gymnastique et, après avoir pris sa douche, s'habiller comme s'il allait sortir. L'idée de passer un mois en survêtement lui donne l'envie de mourir. Il est content que seule la fenêtre de sa chambre donne sur la rue. Il la gardera avec les volets fermés. Les

---

28. Entrecôte, côtelette et filet : *Morceaux de viande.*
29. Débrancher (v.) : *Déconnecter, éteindre.*

autres fenêtres s'ouvrent sur une jolie cour presque toujours déserte.

Il se réveille avant que le réveil sonne. Il l'éteint, pense à se lever d'un bond[30], puis change d'avis. Il préfère rester encore un moment dans son lit. Il s'est interdit de penser à ce qu'il allait faire de son temps, avant d'avoir commencé son expérience. Il se demande s'il va vivre au jour le jour, sans projet fixe, ou s'il va travailler comme un fou. L'idée d'aller jusqu'au bout de l'ennui lui plaît. Mais il serait stupide de prendre un mois de congé sans salaire sans en profiter pour faire avancer son travail littéraire. Il pense à commencer un roman, mais il ne veut pas d'une activité qui dépasserait un mois. Il la sentirait trop liée à la suite et cela ne lui permettrait pas de faire une expérience d'isolement[31] complète. Il décide d'écrire des nouvelles qui le laisseront s'arrêter exactement au moment de son retour dans le monde. Il aura ainsi une trace précise de cette période. Oui, vraiment, il va travailler sur le thème de l'ennui. Il ne veut surtout pas fuir ce sentiment qui le passionne tant.

---

30. Se lever d'un bond (expr.) : *Se lever brusquement, très vite.*
31. Isolement (n.m.) : *Solitude.*

Il décide de se lever tous les jours à neuf heures et de petit-déjeuner en écoutant la radio qui remplacera son journal quotidien. Ensuite, il fera un peu d'exercice physique, puis se mettra au travail à dix heures. Il écrira de dix à treize heures. Il prendra une heure et demie pour relire le travail du jour d'avant et corrigera ce qui est nécessaire. Il passera ensuite l'heure et demie qui lui restera à inventer un nouveau texte. Un ami, qui écrit également, lui a dit que c'était la méthode de l'écrivain Hemingway. Peu d'auteurs arrivent à relire ce qu'ils ont fait le jour précédent, avant de se remettre au travail. Mais lui, il en est capable. Dans ces moments-là, il se sent plus journaliste littéraire qu'écrivain. Garder un esprit critique même à propos de lui-même est une sorte de gymnastique de l'esprit. Cela le réveille. Il a alors le sentiment double, à la fois pénible[32] et agréable, que son style encore médiocre[33] progresse de jour en jour. Il a récemment publié un roman qui a reçu un accueil chaleureux de la part du public et de celle des critiques. Mais il sait que l'enthousiasme littéraire est aussi rapide et de courte durée que les passions amoureuses. Il pense que les journalistes

---

32. Pénible (adj.) : *Difficile, désagréable.*
33. Médiocre (adj.) : *Qui n'est pas très bon.*

attendent l'occasion de le critiquer, justement parce qu'il écrit ses articles avec sincérité. Il se permet de critiquer violemment un roman s'il le veut. Il n'a pas peur quand il écrit des textes théoriques. Mais quand ce sont des histoires inventées, il se sent nu. Il est vrai que ses études très réussies de littérature lui ont donné une confiance qu'il n'a pas comme écrivain autodidacte[34].

Comme il n'a rien à relire pour l'instant, il décide de définir d'abord ce qu'il va écrire. Cela lui donnera une vision d'ensemble de ce qui deviendra peut-être un petit livre de nouvelles. Il va travailler sur les instants simples de tous les jours. Il a peu d'imagination. En revanche[35], il a une excellente mémoire, très précise. Il n'arrive pas à inventer des choses intéressantes et il ne veut pas raconter d'histoires. Il n'est pas fort pour ça. Il décrira donc des moments d'existence. Il décrira des gens banals[36], comme l'a fait Flaubert, un de ses auteurs préférés. Pour ce qui est du style, il sera lui aussi ironique[37], mais de façon très discrète. Il ne veut pas prendre

---

34. Autodidacte (adj.) : *Personne qui a appris quelque chose seule.*
35. En revanche : *Cependant.*
36. Banal (adj.) : *Ordinaire, commun.*
37. Ironique (adj.) : *Moqueur, qui dit le contraire de ce qu'il veut faire entendre.*

trop de distance par rapport à ses personnages. Il a horreur des écrivains qui se mettent au-dessus des gens en montrant qu'ils ont tout compris. Il faut aimer un peu ses personnages pour pouvoir les décrire correctement. Il doit éviter de juger. Il écrira quand même peut-être sur des personnes peu aimables. Après tout, il y en a plein autour de lui. Et ce sont eux les vrais symptômes[38] de notre monde. Ce sont eux les plus intéressants. Il ne décrira toutefois pas les phénomènes rares, les monstres ne le passionnent pas. Il décrira seulement quelques personnes un peu mauvaises, lâches, hypocrites ou égoïstes, mais sans les évaluer. Il fera une sociologie sans morale. Il ne fera que poser des questions et ne donnera aucun début de réponse.

À onze heures et demie précises, il va boire un grand verre de jus d'orange dans lequel il mettrait bien un peu d'alcool. Mais il ne veut pas encore se féliciter de sa réussite. Il n'a pas confiance en lui-même. Un soir, il a passé une nuit à écrire après avoir fêté au whisky la sortie du roman d'un ami. Il a écrit des choses complètement nulles. Il a passé la nuit à inventer des sortes de phrases prétentieuses sur le bonheur qui l'auraient rendu malade, si le

---

38. Symptôme (n.m.) : *Signe d'une maladie.*

whisky ne l'avait pas déjà fait avant. Il écrira donc sans avoir bu une goutte d'alcool.

Il veut commencer par un personnage assez différent de lui. Il finira peut-être cette série par un écrivain minable ou paresseux. Il va d'ailleurs peut-être devenir comme l'un de ses héros, s'il ne se dépêche pas d'écrire plus. Il est fatigué de gagner son pain[39] comme journaliste. Il n'en peut plus du genre d'écriture qu'on lui demande. Les réunions l'ennuient à mourir. Il déteste encore plus les lettres de ses lecteurs. Pour se changer les idées, il choisit comme personnage une vieille femme pauvre qui ressemble à une ancienne voisine. Il décrit les journées ennuyeuses de cette dame. Comme elle, il en oublie de préparer sa soupe. Il mange un peu de charcuterie[40] avec du fromage et du pain. Il se demande si son écriture serait différente s'il était suédois et s'il mangeait du pain noir avec du poisson fumé. Son style serait probablement différent vu qu'il donne tellement d'importance à la nourriture. Il aime autant les aliments que les mots. Les mots doivent être doux à son oreille,

---

39. Gagner son pain (expr.) : *Gagner sa vie, gagner de l'argent pour vivre.*
40. Charcuterie (n.f.) : *Produits tirés généralement du porc (jambon, saucisson, lard, etc.).*

sinon il ne les utilise pas. Ils n'ont pas besoin d'être beaux ou élégants. Pas du tout ! Il adore par exemple le mot « reblochon[41] » qui lui rappelle le côté montagnard et fort du fromage. Il faut que le mot aille bien avec l'image qu'il se fait de la réalité qu'il décrit. En fait, il rêve d'un monde idéal où les mots correspondraient parfaitement aux choses. Il voudrait une société où l'on ne pourrait être que sincère. Un lieu merveilleux où les mots ne pourraient pas servir des intentions malhonnêtes. Il en est presque ému. Mais il se rappelle, en croquant dans une carotte, qu'il est fatigué du monde. Il a voulu s'enfermer car il ne le supporte justement plus. Il rit de sa bêtise. Il mange une nouvelle carotte. Il range les autres dans le réfrigérateur et se prépare un café.

Il tient sa tasse de café encore brûlant à la main. Comme il a décidé que l'après-midi serait consacré à la lecture, il pense à ce qu'il lira. L'idée de lire un texte qui reflète[42] sa situation l'amuse. Il cherche dans sa bibliothèque tous les récits de

---

41. Reblochon (n.m.) : *Fromage de lait de vache, qui vient de la région de Savoie.*
42. Refléter (v.) : *Ici, reproduire, être à l'image de.*

robinsonnades[43] qu'il possède. Il y prend aussi les utopies[44] et les voyages imaginaires. Il fait une grande pile avec *L'Utopie* de More, *La Vie et les Aventures de Robinson Crusoé* de Defoe, *Les Voyages de Gulliver* de Swift, *L'Autre Monde* de Cyrano Bergerac, *Les Aventures de Télémaque* de Fénelon, *La Nouvelle Atlantide* de Bacon, *Le Voyage de Nicolas Klimius* d'Holberg, deux pièces de théâtre de Marivaux, le *Candide* de Voltaire, *La Terre australe connue* de Foigny et *Les Voyages et Aventures de Jacques Massé* de Tyssot de Patot. Il y met même *Vendredi ou les limbes du Pacifique* de Tournier qu'une ex-amante, dont il a oublié le nom, lui a donné.

Il lit jusqu'à dix-huit heures. Il sent une folle envie d'aller se promener pour partager avec le monde la satisfaction de sa première journée. Malgré le froid de l'hiver, il ouvre grand la fenêtre de la cuisine. Il fume une cigarette en regardant la nuit tomber.

---

43. Robinsonnade (n.f.) : *Récit d'aventure s'inspirant de celle de Robinson Crusoé.*
44. Utopie (n.f.) : *Genre littéraire qui consiste à imaginer une société idéale.*

Il s'ennuie en attendant l'heure du dîner. Il allume la radio et écoute France Culture. Il commence à préparer un immense repas. Il fait une salade aux noix de Saint-Jacques. Il coupe des pommes de terre nouvelles en rondelles[45] et ajoute des épices et du gros sel. Il grille[46] une entrecôte rapidement dans un mélange de beurre et d'huile. Il fait une sauce à la crème et à la moutarde dans laquelle il verse un peu de cognac[47].

Il trouve son repas merveilleux. Même s'il essaye de le faire durer, il le termine vers vingt heures. Normalement, il se couche rarement avant minuit. Soudain, il ressent[48] une immense peur. Il pense que tous les soirs, il lui faudra trouver une solution pour faire passer le temps. Les journées seront faciles à organiser. Elles ne seront pas très différentes de ses habitudes. Les soirées lui paraissent beaucoup plus dures à vivre. Il dîne généralement au restaurant avec un ami ou il sort boire un verre avec une fille. Les rares fois où il reste à la maison, il les aime plus que tout.

---

45. Rondelle (n.f.) : *Petite tranche ronde.*
46. Griller (v.) : *Faire cuire sur un gril.*
47. Cognac (n.m.) : *Alcool (eau-de-vie) de raisin produit dans la région de Cognac.*
48. Ressentir (v.) : *Sentir, éprouver.*

Elles se produisent souvent quand il est fatigué ou qu'il a besoin de solitude. Il aime aussi rentrer pour lire une heure ou deux dans son lit. Il adore ces moments qu'il vole au sommeil. Maintenant que toutes ses soirées sont disponibles pour la lecture, il sent qu'elles vont l'ennuyer terriblement. Il décide de regarder la télévision. Il est fasciné[49] un moment par des images qu'il ne trouve ni belles ni intelligentes. Mais au fond de lui-même, il leur est reconnaissant d'avoir réussi à faire passer trois heures. À vingt-trois heures, il se met au lit et reprend la lecture de *La Vie et les Aventures de Robinson Crusoé*. Il lit trente minutes puis en a assez. Il décide de jeter un coup d'œil à l'*American Psycho* de Bret Easton Ellis. Le fait de se retrouver à New York, dans un univers ultrachic lui fait un bien fou. Il s'endort d'un coup et rêve d'argent, de succès et de costumes Paul Smith.

49. Fasciné (adj.) : *Captivé, hypnotisé.*

L'air ne fait pas la chanson[50]

« Entrez ! » crie Annette Dupuis au jeune homme qui attend derrière sa porte. Celui-ci entre aussitôt dans l'appartement de sa voisine.

– Vous m'offrez un café ? dit-il amicalement. Il regarde la femme un peu ronde qui se tient devant lui. Ses amis ont raison, elle est vraiment laide. Mais jamais ils ne parviendront à comprendre le plaisir qu'il ressent en compagnie de cette vieille fille. Cette sensation délicieuse est impossible à communiquer. D'ailleurs, il est journaliste. Il connaît bien l'impuissance du langage à dire ce qui est important. Il préfère ne pas définir leur relation, pour lui laisser sa délicatesse, son pouvoir merveilleux.

50. L'air ne fait pas la chanson (expr.) : *L'apparence est différente de la réalité.*

Deux fois par semaine, il rend visite à Annette. Ensemble, ils partagent un café accompagné de quelques biscuits au chocolat. Après la deuxième tasse, Guillaume, tout en regardant la boisson noire comme de l'encre, demande à sa voisine si elle est allée au cinéma. Elle lève les yeux de la cafetière et commence à parler. Le jeune homme boit les paroles[51] qui sortent de la grosse bouche de cette femme étonnante. Il rêve en écoutant les mots qui calment son cœur. Il ferme les yeux. Il sent à nouveau combien ils sont proches. L'esprit d'Annette est aussi brillant que son apparence physique est désagréable. Seuls ses yeux, perdus dans un visage mou et flou, laissent deviner sa grande intelligence. Cependant, ce n'est pas seulement cela qui émeut Guillaume. C'est la façon personnelle d'Annette de voir le cinéma qui le bouleverse[52]. Elle dit avec ses mots à elle, avec ses paroles précises, exactement ce que lui, Guillaume Bourquin, ressent au plus profond de son âme.

Il pense qu'Annette serait une bien meilleure journaliste que lui. On l'a accepté, lui, grâce à sa

---

51. Boire les paroles de quelqu'un (expr.) : *Écouter attentivement ce que dit quelqu'un.*
52. Bouleverser (v.) : *Émouvoir, troubler fortement.*

mère, une célèbre philosophe, qui collabore[53] au journal. La rédactrice en chef ne le garde pas parce qu'il écrit bien. Elle sait seulement que jamais elle ne trouvera un journaliste aussi passionné par le cinéma que lui. Quand il écoute Annette, il est sûr que c'est elle qui devrait être la star des soirées culturelles. C'est elle que le cinéma devrait considérer comme son meilleur porte-parole[54]. Il lui serait facile de la faire entrer dans ce monde. Il y a pensé de nombreuses fois, peut-être même chaque fois qu'ils se voient. L'idée de la présenter vêtue de ses habits aux couleurs horribles, avec ses cheveux secs et mal coiffés ne lui fait pas peur. Il craint seulement qu'une fois en public Annette perde son inspiration. Alors il n'aurait plus la consolation qu'il a trouvée face à ceux qui s'opposent à lui, qui accusent son mauvais style pour critiquer ses idées. Il a l'impression bizarre que cette magie ne peut exister que dans l'espace intime d'une cuisine. Il pense même que le rituel[55] des deux tasses de café est essentiel. Il ne doit surtout pas le déranger. Il ne veut pas qu'Annette, ne se sentant pas en confiance,

---

53. Collaborer (v.) : *Participer.*
54. Porte-parole (n.m.) : *Quelqu'un qui parle pour quelqu'un d'autre, qui représente les opinions, les idées d'un autre.*
55. Rituel (n.m.) : *Habitude, tradition.*

parle de politique ou des écrits de sa mère. Cela est arrivé quelques fois.

La première fois que cela s'est passé, Guillaume est rentré chez lui profondément déçu et triste. Plus la soirée a avancé, plus il s'est senti déprimé. Il a souffert d'une insomnie[56] qui s'est répétée la nuit suivante. Il a fini par appeler le médecin familial pour qu'il lui prescrive[57] des somnifères[58]. Cela seulement lui a permis d'écrire le dossier cinéma de la semaine. Cependant, il est resté angoissé plusieurs jours, jusqu'à sa prochaine visite à Annette. Il ne peut pas vraiment l'avouer[59], mais ses discussions avec la grosse blonde font partie des conditions nécessaires à son bonheur.

Annette observe avec un plaisir évident son jeune voisin. Elle lui montre d'un geste tendre la chaise face à elle. Elle lave rapidement la cafetière à l'eau froide, puis la pose sur la cuisinière. Elle aime plus que tout observer, dans la lumière bleue du gaz, le visage aux grands yeux sombres de Guillaume. Il lui semble alors voir un héros

---

56. Insomnie (n.f.) : *Impossibilité ou difficulté à dormir.*
57. Prescrire (v.) : *Écrire une ordonnance médicale.*
58. Somnifère (n.m.) : *Médicament qui aide à dormir.*
59. Avouer (v.) : *Reconnaître, admettre.*

romantique, transformé à la façon des dessins animés japonais. Quand elle regarde le jeune homme, elle sent une sorte de coup au cœur. Elle a l'impression qu'on lui plante un couteau dans la poitrine[60], chaque fois plus profondément. Elle ne parvient pas à croire qu'elle reçoit chez elle un homme d'une telle beauté. Elle se réjouit que sa voix rende le superbe Guillaume si heureux. Elle admire sa tête penchée en arrière, ses yeux fermés, son état de bonheur absolu. Même en sachant qu'elle n'est pas honnête, elle s'étonne de la chance qu'elle a. Chaque fois, elle a peur de le décevoir. Chaque instant, elle craint de le perdre. Elle vit tous les moments en sa compagnie comme s'ils étaient les derniers.

Elle organise d'ailleurs ces rendez-vous avec un soin immense. Elle aime cette préparation comme si c'était la première étape d'un acte amoureux. Elle se rend le matin, le plus tôt possible, au kiosque à journaux. Elle y achète un exemplaire du journal pour lequel travaille son séduisant voisin. Dans les articles, au cœur de la page, elle trouve imprimée la douleur de l'incompréhension que ressent Guillaume. Elle comprend sa solitude. C'est

60. Poitrine (n.f.) : *Thorax, partie supérieure du corps.*

celle des gens qui se battent pour défendre leur avis, un avis qui est toujours à contre-courant[61]. L'après-midi, elle va voir les films dans les salles du Quartier latin[62]. Elle prend des notes dans un petit cahier qu'elle éclaire avec sa lampe de poche.

Annette commence à parler du film qu'elle a vu cette semaine-là. Elle se souvient parfaitement de l'article qui a paru trois jours plus tôt. Elle pourrait même le dire à l'envers, tant elle l'a lu et relu. Elle retarde toujours ses commentaires des films de quelques jours par rapport aux articles de Guillaume, pour qu'il ne remarque rien. Elle raconte qu'elle est allée à la rétrospective[63] de François Truffaut pour y regarder « L'Enfant sauvage ». Cette fois-ci, Annette ne sent pas la peur qui lui serre souvent la gorge au moment où elle commence à s'exprimer. Elle se sent bien, car elle va discuter d'un réalisateur dont ils ont déjà parlé. Elle se souvient de la grimace[64] de Guillaume face à l'admiration générale provoquée par le film *Jules et Jim*.

---

61. À contre-courant (loc.) : *Inhabituel, original, différent des autres.*
62. Le Quartier latin : *Quartier de Paris autour de l'Université de la Sorbonne.*
63. Rétrospective (n.f.) : *Ensemble de films d'un même réalisateur.*
64. Grimace (n.f.) : *Déformation du visage.*

Elle commente alors *L'Enfant sauvage*, plan[65] par plan. Elle explique ensuite comment elle a détesté le réalisateur dans le rôle principal. Il imite trop son acteur adoré Jean-Pierre Léaud. Elle trouve le traitement du sujet stupide. Elle aimerait plus de gentillesse, plus de tendresse dans le comportement du docteur. Elle trouve le film ennuyeux à mourir[66]. Guillaume l'écoute jusqu'à ce qu'elle ait terminé son long discours. Il se lève et il dit d'une voix qui se veut calme : « C'est vraiment dommage que vous n'ayez pas apprécié ce film. Il m'a fait rêver pendant toute mon enfance. C'est lui qui m'a fait découvrir et aimer le cinéma ! » Il ne lui laisse pas le temps de répondre. Il est déjà loin.

Annette regarde la porte donnant sur le monde qui vient de se refermer pour elle. Elle ne comprend pas. Soudain, elle a une intuition[67]. Elle ouvre le journal à la page cinéma. Elle aperçoit, en lettres noires comme l'enfer, la signature sous l'article : Bernard Moreau.

---

65. Plan (n.m.) : *Dans un film, passage constitué d'images filmées en une fois en une seule prise.*
66. Ennuyeux à mourir : *Très ennuyeux.*
67. Intuition (n.f.) : *Comprendre, deviner la vérité sans explications.*

Le soir même, elle fait un grand feu de cheminée. Elle y jette les articles soigneusement découpés et classés. Elle brûle aussi tous les exemplaires de ses photos de classe où on la voit, petite fille souriante, avec dans ses mains un prix d'excellence[68].

68. Prix d'excellence : *Récompense pour les très bons élèves.*

L'enfer est pavé[69] de bonnes intentions

Madeleine Dumont est une femme séduisante[70]. Elle est encore très belle, même si elle va bientôt avoir soixante ans. Ses immenses yeux noirs font penser à ceux d'une jeune biche[71]. Un grand nombre de ses amies jalousent[72] ses magnifiques cheveux châtains. Son appartement est décoré avec goût. Grâce à son mari si attentionné et si incroyablement généreux, elle possède toutes les petites choses nécessaires à son bonheur.

Un jour, cependant, elle apporte un costume de son mari au pressing. Sans y penser, elle plonge

---

69. Pavé (adj.) : *Bloc de pierre utilisé pour recouvrir le sol. L'enfer est pavé de bonnes intentions (expr.) = de très bonnes intentions peuvent conduire à des catastrophes.*
70. Séduisant (adj.) : *Beau, attirant.*
71. Biche (n.f.) : *Femelle du cerf.*
72. Jalouser (v.) : *Être jaloux, envier.*

la main dans la poche droite de la veste et y trouve un petit morceau de papier. Elle lit : « Rendez-vous à la Défense, 16 h 30 ». Aussitôt, elle se sent mal. Elle doit s'asseoir dans un fauteuil. Voyant que ses forces ne reviennent pas, elle se couche. Très vite, elle s'endort. Ses rêves sont remplis de créatures qui rient méchamment. Lorsqu'elle se réveille, elle sait que son existence a basculé[73]. La tranquillité de sa vie bourgeoise vient d'exploser. Un son aigu résonne dans sa tête. C'est seulement après avoir pris une aspirine[74] qu'elle commence à sentir une légère amélioration[75] de son état.

Quand son mari rentre du bureau, Madeleine lui pose immédiatement la question qui lui déchire le cœur. Pierre Dumont évite de se laisser aller, lui aussi, à l'émotion. Il lui explique que sa secrétaire étant malade, il a dû engager une jeune femme pendant trois jours pour la remplacer. Elle rédige aimablement de petites notes pour lui rappeler ses rendez-vous importants. Il est désolé de ne pas en avoir parlé à son épouse. Parfaitement conscient que son travail l'occupe trop, il a pensé qu'il était

---

73. Son existence a basculé : *Sa vie a complètement changé.*
74. Aspirine (n.f.) : *Médicament contre le mal de tête, anti-douleur.*
75. Amélioration (n.f.) : *État meilleur, progrès.*

plus aimable d'éviter de parler du bureau, une fois rentré chez lui. Madeleine croit son mari sans difficulté, mais le sentiment de trahison ne disparaît que quelques jours plus tard.

Les Dumont vivent plusieurs semaines de bonheur complet. Madeleine est joyeuse et Pierre se montre attentif et tendre.

Cependant, le calme ne dure pas. Un jour, une amie conseille à Madeleine la lecture d'un magazine culturel. Madeleine aime toujours trouver de nouvelles façons de se changer les idées, alors elle se rend immédiatement au kiosque qui se trouve au coin de sa rue. Elle n'y est pas allée depuis longtemps : ces dernières semaines, c'était Pierre qui allait chercher le journal. Elle découvre avec surprise que la vendeuse n'est plus la vieille femme désagréable à l'odeur de cigarette qu'elle connaît bien. À sa place, il y a une grosse blonde de vingt ans qui lui demande ce qu'elle veut avec un fort accent anglais. Madame Dumont, perturbée[76], lui répond qu'elle ne sait pas encore. Elle reviendra un peu plus tard.

76. Perturbé (adj.) : *Troublé, ému.*

Cette fois-ci, Madeleine ne peut s'empêcher de pleurer quand elle reproche à son mari de ne pas se confier à elle, de ne pas tout lui dire. Il aurait dû l'informer du changement d'employée du kiosque à journaux. Toujours soucieux que tout se passe bien et détestant les conflits, Pierre lui promet qu'à l'avenir il tiendra mieux compte de sa sensibilité.

Un jour, Pierre appelle Madeleine pour lui demander de déjeuner avec lui. Il a une mauvaise nouvelle concernant son entreprise à lui communiquer.

Madeleine arrive au Train bleu avec quinze minutes d'avance. Pierre est déjà là. Il lit le journal. Madeleine a l'impression de revoir Pierre quand il était étudiant et qu'il lui donnait rendez-vous dans des cafés enfumés[77]. Mais, cette fois-ci, Pierre a l'air sombre[78]. Il commande deux coupes de champagne, puis commence à lui expliquer la raison de ce rendez-vous imprévu[79]. Il lui raconte que les affaires vont mal, qu'il a perdu beaucoup d'argent. Il ne lui en a pas parlé plus tôt, pour ne pas l'inquiéter. Maintenant il n'en a pas le choix.

---

77. Enfumé (adj.) : *Où il y a beaucoup de fumée (de cigarette).*
78. Sombre (adj.) : *Ici, grave, triste, mélancolique.*
79. Imprévu (adj.) : *Non prévu, spontané, improvisé.*

Voyant sa femme le regarder avec de grands yeux, il lui annonce pour la rassurer qu'il va vendre l'entreprise mais précise que l'argent qu'il obtiendra leur permettra à peine de mener une existence simple dans une ville de province. Il a contacté un oncle qui possède une maison à la campagne. Ce dernier la leur prêtera volontiers à condition qu'il puisse y aller avec sa famille une ou deux semaines par an.

Madeleine, heureuse à l'idée qu'elle pourra passer tout son temps avec Pierre, prépare avec courage le déménagement. Elle se sépare sans difficulté des meubles qu'elle a reçus de sa grand-mère. Elle a appris que la maison qu'ils habiteront est parfaitement équipée.

Une fois arrivée, elle accepte avec simplicité sa nouvelle vie en province. Elle se passionne même pour le grand jardin un peu sauvage. Elle organise un petit potager[80]. Cela permet à Pierre de découvrir la vraie saveur[81] des légumes. Finalement, il aime, lui aussi, cette existence à la campagne. Ce mode de vie tranquille convient parfaitement à son tempérament calme.

80. Potager (n.m.) : *Jardin où l'on fait pousser des légumes.*
81. Saveur (n.f.) : *Goût.*

Pendant près d'une année, aucun événement ne trouble leur quotidien[82]. Un jour, toutefois, une lettre leur parvient. On leur demande de se rendre au plus vite à Paris, auprès de la mère de Pierre, qui est gravement malade. Les Dumont font leurs valises aussitôt. Le soir même, ils sont à l'hôpital. Ils restent à l'hôtel pendant les quinze jours qu'il faut à Madame Dumont mère pour mourir. Le décès[83] les rend profondément tristes. Cependant ils ont l'impression d'avoir fait tout ce qu'ils ont pu pour rendre heureux les derniers jours de la mère de Pierre. Leur conscience est en paix. Madeleine a décoré régulièrement la chambre avec un bouquet de fleurs fraîches, tout en faisant attention que leur parfum soit assez léger pour ne pas déranger la pauvre Madame Dumont. Pierre, de son côté, a passé beaucoup de temps à écouter les souvenirs de sa mère.

Après tant d'émotions, ils sont soulagés[84] de retrouver leur maison à la campagne. La vie reprend son cours. Les jours passent paisiblement. Pierre et Madeleine s'entendent à merveille.

---

82. Quotidien (n.m.) : *Vie de tous les jours.*
83. Décès (n.m.) : *Mort.*
84. Soulagé (adj.) : *Libéré d'un poids, d'un souci, apaisé.*

Quelque temps plus tard, alors que Pierre est à Paris pour régler[85] des affaires, Madeleine accueille sa sœur, Mireille. Un soir, au hasard d'une conversation, Mireille l'informe que leur cousine, Jeanne, travaille à l'hôpital où a été soignée Madame Dumont. Madeleine se rappelle la petite fille drôle et joyeuse que Jeanne était. Elle se souvient qu'elle l'a vue plus tard mariée à Georges, un sympathique employé de commerce au visage rougeaud[86]. Elle a trouvé le couple harmonieux. Pierre et elle les ont invités à dîner quelques fois. Ils aiment leur compagnie et se réjouissent toujours à la vue du bel appétit de Georges. Madeleine dit qu'ils n'ont malheureusement pas aperçu Jeanne : elle ne travaillait certainement pas au moment où ils se trouvaient auprès de sa belle-mère. Mireille lui répond qu'elle se trompe. Toutefois, elle ne commence son service qu'à dix-huit heures. C'est peut-être pour cela qu'ils ne l'ont pas croisée. Madeleine se souvient : à cette heure-ci, elle se reposait dans la chambre d'hôtel, avant de se préparer pour aller dîner. Mais Pierre, lui, restait avec sa mère jusqu'à dix-neuf heures. Il devait forcément l'avoir rencontrée. Pourtant, il ne lui en a pas parlé. Très troublée, Madeleine

85. Régler (v.) : *Mettre au point, trouver des solutions.*
86. Rougeaud (adj.) : *Rouge.*

doit interrompre la discussion pour aller s'allonger. Elle commence à avoir un début de mal de tête. Mireille se souvient des terribles douleurs de sa sœur aînée. Elle lui apporte une carafe[87] d'eau fraîche ainsi qu'un verre dans lequel elle a versé un analgésique[88]. Elle sort ensuite lire sous un arbre du jardin.

Quand Pierre est de retour, Madeleine doit encore se montrer patiente jusqu'au départ de sa sœur pour aborder la question qui l'inquiète. Pierre lui avoue alors qu'il a bien rencontré Jeanne, mais qu'il a pensé qu'elle préférerait ne pas savoir qu'il la croisait chaque jour. Il voulait absolument éviter de créer un sentiment d'insécurité inutile chez elle. Cette attention a l'effet inverse[89]. Même s'il semble sincère, Madeleine lui en veut[90].

Elle pense en permanence à ce nouveau manque de franchise[91]. Elle essaie absolument de pardonner à Pierre, de comprendre sa conduite. Pourquoi continue-t-il à lui cacher des parties même infimes de son existence ? Elle sent que rien

---

87. Carafe (n.f.) : *Récipient pour l'eau ou le vin.*
88. Analgésique (n.m.) : *Médicament contre la douleur.*
89. Inverse (adj.) : *Contraire.*
90. En vouloir à quelqu'un (expr.) : *Être fâché avec quelqu'un.*
91. Franchise (n.f.) : *Honnêteté, fait de dire la vérité.*

dans le monde de Pierre n'est certain. Peut-être cache-t-il encore mille autres choses ? Madeleine ne veut pas croire que Pierre est volontairement dissimulateur. Peut-être que c'est l'inconscient de Pierre qui le pousse à ne pas tout partager avec elle. Cela n'en reste pas moins triste, inquiétant et mauvais pour leur couple. On ne peut pas vivre avec un homme rempli d'une si grande part de mystère. Si Pierre était infidèle, cela lui ferait de la peine. Cependant, elle pourrait en discuter avec lui. Le mal serait défini. Il aurait des limites claires. Dans leur cas, le mal était partout comme les métastases[92] d'un cancer.

Madeleine se sent attristée par le comportement de Pierre. Elle s'éloigne de tout ce qui n'est pas lié aux questions qu'elle se pose. Elle commence par se désintéresser du jardin, puis à ne plus s'occuper de la maison et enfin à ne plus prendre soin d'elle-même. Elle finit par porter plusieurs jours, voire plusieurs semaines, la même robe. Pierre ne panique pas. Au contraire, il semble plus serein[93]. Toujours heureux de se rendre utile,

92. Métastase (n.f.) : *Multiplication de cellules malades dans le cas d'un cancer.*
93. Serein (adj.) : *Calme, confiant.*

il se met au travail et prépare de savoureux[94] repas pour sa femme. Il veut la guérir en lui donnant sa gentillesse et son attention. Il cuisine des plats qui, tout en étant délicieux, ne sont pas mauvais pour la santé. Il fait briller l'immense maison. En fait, plus la dépression[95] de Madeleine grandit, plus Pierre prend goût à soigner leur domicile. Alors qu'il était plutôt de nature morose[96], il commence à rayonner. La maison est devenue un endroit plus frais et lumineux que jamais. Elle sent bon les fleurs et le savon de Marseille. Madeleine ressemble de plus en plus à une petite souris perdue au milieu d'un château. Pierre, lui, a rajeuni[97] de dix ans. On dirait un adolescent. Leurs amis les reconnaissent à peine. Quand ils rendent visite aux Dumont, ils ont la terrible impression de voir Pierre en compagnie de sa vieille mère.

Un jour, Pierre tombe malade à son tour. Il a attrapé une grosse grippe qui dure tout l'hiver. Madeleine est inquiète pour la santé de son mari. Elle se sent responsable de son état et sort finalement de son lit. Elle le remplace dans la

---

94. Savoureux (adj.) : *Délicieux, très bon.*
95. Dépression (n.f.) : *Très grande tristesse pendant longtemps.*
96. Morose (adj.) : *Pas très gai, d'humeur triste.*
97. Rajeunir (v.) : *Devenir plus jeune, avoir l'air plus jeune.*

cuisine. Elle fait de grands efforts pour préparer d'extraordinaires recettes afin d'aider Pierre à retrouver la santé. Vers le milieu du mois d'avril, elle a de nouveau un teint de rose, et ses robes sont toutes repassées et rangées dans la grande armoire de leur chambre à coucher. On voit seulement de minuscules ombres bleues sous ses yeux, traces discrètes de la période difficile qu'elle a traversée.

Quand Pierre retrouve à son tour sa belle énergie, tous deux décident d'aller pique-niquer dans un magnifique parc, situé dans un village voisin. Même si la marche n'est pas longue, deux ou trois heures tout au plus, elle permet de fêter la santé retrouvée de Pierre. Leur promenade est charmante. La campagne sent le printemps et les prés sont d'un beau vert tendre. Madeleine et Pierre ont l'impression de revivre leur première sortie à la campagne. Ils discutent de tout et de rien, heureux de se redécouvrir. Ils ressentent en même temps le plaisir d'être des amis de longue date. Soudain, Madeleine se tend. Pierre est en train de lui parler du goût du pastis[98], si frais, si léger. Madeleine sait pourtant qu'il a toujours délaissé[99]

---

98. Pastis (n.m.) : *Boisson alcoolisée à l'anis.*
99. Délaisser (v.) : *Laisser de côté, ne pas s'intéresser à.*

cette boisson, car il la trouvait écœurante[100], sans finesse. Comment a-t-il pu ainsi changer d'avis ? Pierre explique alors à sa femme que lorsqu'elle était malade, il a pris l'habitude de boire un pastis après avoir fait les courses. C'était « le pastis pour la route » comme disent les gens du village. Il le buvait en cinq minutes, debout au comptoir[101], pour ne pas faire attendre Madeleine. Il le prenait afin de ne pas décevoir les gens du village. Bien sûr, au début, cela lui a demandé des efforts. Ensuite, il a commencé à l'apprécier. L'anis[102] a désormais pour lui le goût de l'amitié. En tout cas, c'est ce qu'il dit. Madeleine ne reconnaît pas Pierre. Ou plutôt, tout à coup, elle a l'impression de le voir vraiment. Elle voit comment il est capable d'oublier ce qu'il est pour faire plaisir aux autres. Ce ne sont pas les cinq minutes passées au bar du village qui la dérangent. Pierre a été pendant toute la durée de sa maladie l'homme le plus gentil du monde, il pouvait bien prendre un peu de temps pour lui. Mais pourquoi s'est-il obligé à boire une boisson

---

100. Écœurant (adj.) : *Qui provoque un certain dégoût, qui ne fait pas envie.*
101. Comptoir (n.m.) : *Dans un bar, sorte de table surélevée où l'on sert les boissons.*
102. Anis (n.m.) : *Plante parfumée.*

qu'il détestait ? Pourquoi n'a-t-il tout simplement pas dit non ? Pourquoi n'a-t-il pas dit qu'il préférait autre chose, un verre de cidre[103] par exemple ? Il devait avoir conscience de sa lâcheté, puisqu'il la lui a cachée jusqu'à maintenant. Il ne l'a certainement pas fait méchamment. Non, seulement pour ne pas lui faire de peine. Pour ne pas la blesser, il a rendu les pastis inexistants. En vérité, les pastis font partie de la vie de ceux qui veulent qu'ils existent et ils n'existent pas dans la vie de ceux qui ne veulent pas qu'ils soient. Madeleine se sent mal.

Pendant la nuit, Madeleine a l'impression qu'on lui plante des aiguilles[104] dans la tête. Elle se demande si elle connaît vraiment l'homme avec lequel elle vit depuis plus de trente ans. Il est lisse, doux et chaud. Pourtant, quelque chose en lui s'échappe. Oui, le fond de sa pensée fuit. Il ne semble exister que par le désir des autres, ou mieux dans sa capacité à réaliser les souhaits des autres, à leur faire plaisir. Que pense-t-il vraiment de son existence ? de ces trente dernières années ? d'elle, sa femme ? Tout le monde croit qu'il est heureux, qu'il est parfaitement content de sa vie.

---

103. Cidre (n.m.) : *Boisson à la pomme légèrement alcoolisée.*
104. Aiguille (n.f.) : *Pointe de métal qui sert à coudre ou à tricoter.*

Madeleine, elle, en doute désormais. Et ce doute la torture. Contrairement à elle, Pierre, lui, a accès aux émotions de son épouse. Il sait ce qu'elle ressent et qui elle est. Mais, elle, qu'a-t-elle pour se rassurer ? les sourires de Pierre ? Il les offre au premier venu[105]. Ses paroles aimables ? Il les lui dit même quand elle se montre injuste, désagréable ou bête. Ses actes ? Il fait exactement ce qu'on attend de lui. Il n'a pas de consistance, de personnalité, rien à quoi l'on puisse s'accrocher.

Pierre entre dans la chambre avec une soupe de légumes. Madeleine a envie de la lui jeter au visage, mais elle ne le fait pas. Elle lui demande plutôt s'il est heureux. Pierre lui répond avec un sourire très doux : « le plus heureux des hommes ». Elle l'interroge alors sur ce qui ne va pas dans sa vie. Il lui dit avec une infinie tendresse dans le regard : « Rien, Madeleine, tant que nous sommes ensemble. » Madeleine ressent une terrible colère. Elle lui demande alors ce qui lui déplaît en elle. « Rien, ma chérie. » « Je veux savoir ce que tu n'aimes pas en moi ! » crie-t-elle. « Si tu veux vraiment que je te dise quelque chose, eh bien je vais

105. Le premier venu : *N'importe qui.*

te répondre » dit Pierre sans hausser[106] la voix. « Je trouve que tu te fais trop de souci. Tu es parfaite comme tu es. Notre existence me convient très bien. Il ne nous manque rien. » Madeleine jette le bol, qui va se briser contre le mur. Elle demande ensuite à Pierre de sortir. Pierre obéit tout en lui demandant gentiment de se reposer. Il restera dans la cuisine. Si elle a besoin de quoi que ce soit, elle ne doit surtout pas hésiter à l'appeler.

Le docteur rassure Pierre qui s'inquiète beaucoup pour sa femme et prescrit des calmants. Madeleine passe ses journées à dormir. Quand elle se réveille, elle demande ses médicaments. Pierre les lui prépare pendant qu'elle dort. Plus d'une année se passe ainsi, jusqu'au jour où Pierre aperçoit Madeleine en train de jeter ses comprimés[107] dans le lavabo. Il se réjouit de voir sa femme se libérer de cette manière. Madeleine refuse cependant de quitter le lit. Elle ne veut pas non plus qu'il ouvre les grands rideaux de la chambre qui est devenue la sienne. Pierre s'est, en effet, installé dans le bureau pour laisser sa femme se reposer au mieux. Peu

106. Hausser (v.) : *Augmenter. Hausser la voix = parler plus fort, crier.*
107. Comprimé (n.m.) : *Cachet, pastille contenant un médicament.*

à peu, elle retrouve l'appétit. Elle semble même devenir gourmande et lui commande des plats de plus en plus compliqués. Il en est persuadé : elle reprend goût à l'existence au moyen de ses sens. Il prévoit de l'emmener bientôt à Paris où il lui offrira de nouvelles robes.

Un jour, enfin, il la croit entièrement guérie. Elle lui demande dans un grand rire s'il est d'accord de l'attendre pendant qu'elle cueillera des fleurs pour la maison. Il rit à son tour, la voyant se comporter comme une jeune fille. Il lui dit qu'il le lui permet à condition qu'elle soit de retour pour l'heure du goûter. Il lui a préparé des crêpes aux cerises. Madeleine coiffe sa longue chevelure, qui ressemble plus que jamais à la crinière[108] d'une lionne. Elle porte sa petite robe noire de cocktail. Pierre trouve la tenue un peu bizarre, mais il ne veut surtout pas diminuer la joie de sa femme. Il se dit que la coquetterie[109] retrouvée de Madeleine est le signe qu'elle va mieux. Après tout, elle n'a pas quitté ses chemises de nuit depuis longtemps. Elle a dû oublier ce qui convient à chaque

---

108. Crinière (n.f.) : *Poils du lion autour de la tête.*
109. Coquetterie (n.f.) : *Goût des beaux vêtements, soin porté à l'apparence.*

circonstance. Madeleine avait le sens de l'élégance, elle le retrouvera.

Il écoute « l'Orphée » de Monteverdi pendant qu'il prépare avec soin la table pour le goûter. Il s'assoit ensuite dans le jardin et commence à lire un exemplaire du *Monde* déjà vieux de quelques jours. Ça lui permettra de faire la conversation à Madeleine à son retour.

Quand cinq heures sonnent au clocher du village, Pierre commence à s'inquiéter. Sa femme, est d'habitude très ponctuelle[110]. Elle arrive même plutôt souvent à ses rendez-vous avec quelques minutes d'avance. Il se souvient ensuite de l'expression de jeune fille qu'elle avait quand elle est partie. Il se dit qu'elle doit être en train de profiter de l'air libre. Il sait aussi qu'elle peut observer des fleurs ou des papillons pendant des heures. Une demi-heure plus tard, il croit qu'elle lui fait une blague. Peut-être est-elle même assise sous un pommier à le regarder. Il attend encore dix minutes, puis il n'y tient plus, il part à sa recherche. Elle peut avoir eu un malaise. Même si elle a retrouvé ses forces, le grand air a pu la fatiguer. Il la cherche pendant deux heures puis va

110. Ponctuel (adj.) : *À l'heure, qui n'est pas en retard.*

demander de l'aide au village. Une équipe de policiers fait une battue[111] sur un rayon[112] de cinquante kilomètres pendant vingt-quatre heures. On ne la retrouve pas. Pierre est bouleversé[113].

Les mois puis les années passent. Pierre ne peut oublier Madeleine. Il est certain que plus jamais il n'aimera. Il ne fréquente aucune femme pendant plus de trois ans. Puis un jour, il croise à Paris l'apprentie[114] secrétaire qui l'avait si aimablement aidé alors que son entreprise était encore en activité. Ils parlent des beaux jours. Comme personne n'attend Pierre, il invite au restaurant la jeune femme qu'il trouve vraiment très sympathique. Six mois plus tard, il emménage[115] avec elle. Il vient de comprendre que Madeleine avait parfaitement raison : quand il n'a personne à qui faire plaisir, son existence n'a aucune valeur.

---

111. Battue (n.f.) : *Exploration systématique d'un territoire pour retrouver quelqu'un.*
112. Rayon (n.m.) : *Distance déterminée à partir d'un centre et dans toutes les directions.*
113. Bouleversé (adj.) : *Très ému.*
114. Apprenti (adj.) : *Qui apprend encore, qui est en formation.*
115. Emménager (v.) : *S'installer (dans une nouvelle maison, un nouvel appartement).*

Le temps, c'est de l'argent

Elle ouvre vite son agenda[116]. Il reste un petit espace libre pour aller chercher un cadeau pour son fils. Elle arrête un taxi et donne au chauffeur l'adresse d'un magasin de jouets. Elle y entre rapidement. En courant, elle attrape autant d'objets qu'elle peut en porter. Elle dépose le tout à la caisse et sort sa carte de crédit. Elle entre à nouveau dans la voiture et donne cette fois-ci l'adresse de son bureau.

À seize heures, elle quitte son lieu de travail. Elle se rend dans un petit salon de thé, pas loin du Louvre, pour y boire un café en compagnie d'une amie. Elles parlent de l'avenir souriant[117] de leurs enfants, qui viennent de commencer l'école. La

116. Agenda (n.m.) : *Carnet de rendez-vous.*
117. Souriant (adj.) : *Ici, prometteur, qui semble positif.*

discussion lui semble vite ennuyeuse. Elle dit alors qu'elle a un rendez-vous important. Elle reprend le taxi en direction du Bon Marché[118]. Elle n'achète rien. Cependant, le fait de se trouver au milieu de matières délicates et de coupes élégantes la calme.

Elle fait encore un tour dans quelques boutiques chics de la rue Étienne-Marcel. Ensuite, elle rentre chez elle. Elle sort des boîtes en carton les mets[119] qu'elle a achetés chez le traiteur. Il fait vraiment trop chaud pour utiliser la cuisinière ! Ses nombreuses fiches de cuisine sont parfaitement rangées dans de petits classeurs. Cependant, elle les utilise rarement. Elle aime bien préparer des repas, mais elle n'en a jamais le temps. Elle passe une heure et demie au téléphone avec une amie. Ensuite, elle accueille son fils que sa mère est allée chercher à l'école. Il a dîné et est prêt à aller se coucher. Il est déjà en pyjama. La vieille dame sait que sa fille rentre fatiguée du bureau d'architecture où elle fait du secrétariat à mi-temps.

Elle dépose un baiser sur le front de son fils, puis allume la lanterne[120] magique où des animaux

---

118. Le Bon Marché : *Grand magasin parisien.*
119. Mets (n.m.) : *Nourriture.*
120. Lanterne (n.f.) : *Lampe.*

courent joyeusement dans une fête sans fin. Elle ferme ensuite la porte de la chambre de son enfant derrière elle. Elle regarde alors nerveusement sa montre. Gilles n'est pas encore arrivé. Dans une heure, ils doivent se rendre à l'inauguration[121] d'une galerie Elle ne goûte pas le gigot[122] qui se réchauffe lentement dans le micro-ondes. Elle mange seulement quelques sushis[123] qui datent de la veille. Ensuite, elle fait couler un bain et frotte tout son corps avec un mélange de sucre et de miel. Quand son mari rentre à la maison, elle est au téléphone avec sa sœur. Il a l'air fatigué et triste. Ils ont le même âge, mais il paraît avoir dix ans de plus qu'elle. Il faut dire qu'il n'a pas le temps d'aller comme elle au fitness, au spa, chez l'esthéticienne[124], la pédicure[125], la manucure[126] et le coiffeur.

La baby-sitter, une jeune étudiante norvégienne, arrive quinze minutes en avance. Elle

121. Inauguration (n.f.) : *Fête d'ouverture.*
122. Gigot (n.m.) : *Cuisse de mouton, morceau de viande.*
123. Sushi (n.m.) : *Préparation à base de riz et de poisson cru (plat japonais).*
124. Esthéticienne (n.f.) : *Personne qui fait des soins de beauté.*
125. Pédicure (n.f.) : *Personne spécialisée dans les soins pour les pieds.*
126. Manucure (n.f.) : *Personne spécialisée dans les soins pour les mains.*

s'installe devant l'écran plat, sans se donner la peine[127] d'aller voir l'enfant qui dort.

La soirée est sans joie et sans surprise, cependant elle y trouve l'occasion d'agrandir sa collection de cartes de visite. Elle n'en a pas besoin. Mais c'est son hobby de les classer dans une jolie petite boîte. Son mari commençant à s'endormir, elle préfère qu'ils partent pour laisser une bonne impression. Elle s'en va satisfaite d'avoir passé un instant que tout le monde n'a pas l'occasion de vivre. Gilles dort dans le taxi. Comme il ne ronfle[128] pas, elle ne juge pas nécessaire de le réveiller avant d'arriver à destination. Cela lui permet de rêver aux nombreux rendez-vous qu'elle vient de prendre. Elle a réussi avec un talent fou à les rajouter à son emploi du temps déjà très rempli.

Quand ils arrivent à la maison, elle paye la course au chauffeur. Son mari paraît incapable de réfléchir même aux choses les plus simples. Il parvient néanmoins à se réveiller suffisamment pour se préparer rapidement et se glisser au lit.

---

127. Sans se donner la peine (expr.) : *Sans faire l'effort.*
128. Ronfler (v.) : *Faire du bruit avec le nez et la bouche en respirant pendant le sommeil.*

Elle va se coucher, toujours avec le sourire de quelqu'un qui a réussi à obtenir ce qu'il veut. Soudain, elle voit sur la table de la cuisine un message écrit à la main. Elle reconnaît l'écriture de la baby-sitter. Elle se rappelle alors qu'au moment où elle l'a payée, celle-ci a dit quelque chose à propos d'un coup de fil. Sa mère avait téléphoné et il fallait la rappeler au plus vite. C'est bien le genre de sa mère d'appeler chez elle pour parler de choses importantes, alors que Gilles et elle possèdent des portables !

Sa mère lui dit alors qu'elle se fait du souci pour son ex-mari car il ne répond pas au téléphone. Ne prenant pas la peine de réveiller Gilles qui dort d'un lourd sommeil, elle appelle un taxi et se rend dans l'appartement de son père. Tout de suite, elle le voit étendu par terre. Elle appelle une ambulance[129]. Quand elle se penche sur lui, elle s'aperçoit qu'aucun souffle ne sort de sa bouche. Il est mort. Elle est surprise que, malgré le caractère soudain de son décès, le visage de son père ne porte aucune trace de peur ou de tension. Il a l'air plutôt calme, presque soulagé[130].

129. Ambulance (n.f.) : *Véhicule qui transporte les malades et les blessés.*
130. Soulagé (adj.) : *Diminuer le mal, apaisé.*

Les ambulanciers emportent le corps du seul homme qui a compté dans sa vie[131]. Elle promène son regard sur les murs du petit appartement. Son regard est attiré par un objet blanc, qui offre un contraste avec le logement gris et sale. Elle se rapproche de lui. Elle voit avec une immense émotion que son père, comme à son habitude, a enlevé le soir même le feuillet[132] du calendrier mural pour le lendemain. Dans un geste touchant[133], il a préparé le calendrier pour un jour qu'il ne verrait pas. Alors comme le vieil homme, dirigée[134] par une volonté presque enfantine, elle arrache la page de la semaine à venir de son agenda. Elle la chiffonne[135], puis la jette par terre et commence enfin à pleurer.

---

131. Compter pour quelqu'un / compter dans la vie de quelqu'un (expr.) : *Être très important.*
132. Feuillet (n.m.) : *Petite feuille, page.*
133. Touchant (adj.) : *Émouvant.*
134. Dirigé (adj.) : *Guidé, orienté.*
135. Chiffonner (v.) : *Froisser, plier, abîmer.*

Loin des yeux, loin du cœur

Louise se souvient d'elle avec une émotion intacte[136]. Elle se rappelle en détail la première fois où elle l'a vue. Elle l'a rencontrée à la période où elle avait décidé de faire du théâtre. On l'avait toujours trouvée extravertie[137]. Au fond d'elle, elle savait qu'elle arrivait facilement à faire rire les gens. Mais elle était bien incapable d'émouvoir sérieusement. Son talent était bon pour ceux qui l'aimaient déjà, mais il n'était rien face un public exigeant[138] des émotions vraies et profondes. En classe, elle récitait ses leçons sans difficulté. Au lieu de lui donner un sentiment de fierté, cette facilité lui faisait presque honte. Elle se sentait comme un

---

136. Intact (adj.) : *Qui n'a pas été abîmé, toujours dans le même état.*
137. Extraverti (adj.) : *Tourné vers le monde extérieur, qui s'exprime facilement.*
138. Exigeant (part. présent du v. *exiger*) : *Qui veut beaucoup.*

animal de cirque. Un soir, à la fin d'un spectacle qui l'avait beaucoup amusée, elle a rencontré Claire. C'était une des actrices de la troupe[139]. Elle a saisi cette occasion et a demandé à rejoindre la compagnie[140].

Elle s'est rendue dans le petit théâtre. Malgré la saleté du lieu, elle y a trouvé une chaleur et une liberté qui lui ont plu. Elle a fait la connaissance des comédiens qui formaient la troupe des jeunes acteurs. Face à ces vrais artistes dans l'âme, elle a perdu sa capacité à bien parler. Cependant elle est restée. Elle cherchait justement une situation qui lui fasse perdre ses repères. Elle voulait en trouver d'autres. Elle se sentait maladroite. Mais elle avait aussi l'impression qu'elle vivait des choses intenses avec les personnes les plus vraies, les plus intéressantes qu'elle avait eu la chance de rencontrer.

Elle est devenue amie avec une fille qui portait un prénom proche du sien : Lou. Cependant, les deux adolescentes ne se ressemblaient pas. La première avait les cheveux noirs et raides et la seconde, une chevelure blonde et bouclée. Louise était très entourée par sa famille alors que Lou vivait

---

139. Troupe (n.f.) : *Groupe de théâtre.*
140. Compagnie (n.f.) : *Groupe de théâtre.*

une situation familiale très difficile. Ses parents étaient en train de se séparer. Ils continuaient cependant à vivre dans le même appartement et ramenaient régulièrement leurs amants à la maison. Lou essayait tout le temps de faire disparaître les traces des amours compliquées de ses parents. Elle ne voulait pas que celui qui rentrerait seul souffre.

L'image du frère de Lou lui revient également à l'esprit. Pierre était un punk[141], qui buvait des alcools forts toute la journée. Il refusait de faire comme Lou, de devenir responsable de ses parents. Elle se souvient encore d'un jour où elle était venue aider Lou à étudier. Pierre est entré saoul[142] dans la chambre, alors qu'elles apprenaient du vocabulaire allemand. Il leur a proposé « de la pomme ». Elles ont fini par en accepter pour qu'il les laisse tranquilles. Lou et elle ont senti, avec à la fois de la joie et de la peur, la boisson leur brûler le ventre. Le grand frère, touchant les grandes cicatrices[143] de ses bras, riait comme un fou. « Plus tard, vous allez aimer ça ! » a-t-il dit avant de fermer la porte avec violence.

---

141. Punk (n.m.) : *Personne qui a choisi une attitude contestataire typique des années 1970.*
142. Saoul (adj.) : *Ivre, qui a trop bu.*
143. Cicatrice (n.f.) : *Trace laissée sur la peau par une blessure.*

Lou a grandi trop vite. Un jour, elles ont voulu regarder une comédie américaine. Elles ont trouvé un film que le père de Lou avait oublié dans le magnétoscope[144]. « Mon père est con[145] de laisser ça dans le lecteur. Il sait très bien qu'on regarde aussi des films. » a simplement dit Lou. Elle a rangé la cassette[146] dans sa boîte où étaient représentées des femmes rousses, brunes et blondes toutes nues.

Quand elle venait chez Louise, Lou se jetait dans les bras de ses parents. Ils la trouvaient très touchante[147]. Lou pouvait rester dormir à la maison autant qu'elle le voulait. Parfois, quand elle n'en pouvait plus de sa propre famille, elle restait. Souvent elle partait, car elle n'oubliait jamais que ses parents avaient besoin d'elle.

Quand Louise a commencé le lycée, Lou, elle, a dû chercher un travail. Par gêne[148] ou à cause de leurs modes de vie très différents, elles ont peu à peu arrêté de se voir.

---

144. Magnétoscope (n.m.) : *Appareil pour regarder des vidéos sur une télévision.*
145. Con (adj.) (fam.) : *Idiot, bête, stupide.*
146. Cassette (n.f.) : *Support d'enregistrement audio ou vidéo.*
147. Touchant (adj.) : *Émouvant.*
148. Gêne (n.f.) : *Sentiment de malaise.*

Quelques années plus tard, alors que Louise avait commencé l'université, elle a aperçu Lou dans la rue. Elle vendait des briquets[149] pour une association d'aide aux pauvres, devant un supermarché. Elle l'a prise dans ses bras et lui a demandé comment elle allait. Lou était en cure de désintoxication[150] et avait avorté[151] deux fois. Louise a senti son cœur se serrer, mais elle a écouté avec tendresse et attention. Elle a donné à Lou son numéro de téléphone, afin qu'elle la contacte si elle en avait besoin ou si elle voulait simplement aller boire un verre pour se changer les idées.

Deux ans ont ensuite passé sans nouvelles de la part de Lou. Louise s'en est beaucoup voulu[152] de ne pas lui avoir demandé un numéro de téléphone pour pouvoir l'appeler, elle. Elle pensait souvent à son amie. Elle a même écrit pour elle un poème. C'était son unique poème.

Un jour de novembre, Louise croise Lou dans une petite rue étroite et sombre. Elle lui propose

---

149. Briquet (n.m.) : *Petit appareil permettant d'obtenir une flamme.*
150. Cure de désintoxication : *Traitement pour guérir de la dépendance à la drogue.*
151. Avorter (v.) : *Arrêter une grossesse.*
152. S'en vouloir (v.) : *Être en colère avec soi-même.*

alors d'aller prendre un café. Lou accepte. Elles s'assoient dans un vieux restaurant qui sent les frites, mais elles n'y font pas attention. Enfin, Louise peut dire tout ce qu'elle a retenu pendant toutes ces années. Elle dit à Lou combien elle l'aime, combien elle admire son courage. Elle lui rappelle en détail chacune des nombreuses aventures qu'elles ont partagées ensemble, les seules qu'elle a véritablement vécues. Elle parle longtemps. Puis elle se rend compte que Lou n'a pas encore dit un mot. Elle a honte d'avoir tant parlé. Mais elle se sent heureuse d'avoir enfin pu exprimer ses sentiments. Elle demande pardon d'avoir été si bavarde[153] et interroge Lou. Celle-ci lui dit qu'elle n'a qu'un souvenir très imprécis de cette période. Elle trouve drôle qu'elle se souvienne si bien. Puis, Lou reste silencieuse. Louise lui demande avec insistance comment elle va maintenant. Elle répond qu'elle a trouvé un petit travail de femme de ménage et qu'avec les aides sociales, elle arrive tout juste à nourrir sa fille. Louise lui dit avec tendresse que si elle peut faire quelque chose pour elle, elle le fera volontiers. Lou lui répond que c'est gentil, mais qu'elle se débrouille[154]. Louise

153. Bavard (adj.) : *Qui parle trop.*
154. Se débrouiller (v.) : *Trouver des solutions (pas toujours idéales).*

veut encore poser à son amie mille questions. Lou l'arrête dans son élan. Elle doit partir, sa fille l'attend. Elle lui propose de l'accompagner. Lou lui répond avec un sourire triste. Elle ne veut pas être impolie, mais cette période de sa vie ne l'intéresse absolument pas. Elle a des choses à faire. Elle est désolée, mais elle doit vraiment s'en aller. Louise ne répond pas au petit salut de Lou qui s'en va. Elle est trop occupée par une nouvelle réflexion. Elle pense à l'expression si solennelle[155] utilisée par celle qu'elle a longtemps considérée comme sa seule amie : « ne pas être impolie » et ne peut s'empêcher de la répéter encore et encore.

155. Solennel (adj.) : *Plein de gravité, très sérieux.*

Qui a bu boira

Sofia est la plus jolie fille de tout le village. Personne n'en doute. Quand ils la regardent, ses jeunes camarades pensent assister à un miracle de la nature. Ils se sont donné une mission : éviter absolument que la beauté de Sofia ne perde son éclat[156]. Il faut empêcher l'adolescente d'entrer en contact avec tout ce qui n'est pas digne d'elle. Ils font ainsi volontiers, pour éviter qu'elle se fatigue, les travaux sans intérêt : ils rangent la classe à sa place et nettoient les couloirs quand c'est son tour.

La splendeur[157] de Sofia étonne également ses professeurs. Ceux-ci trouvent un immense plaisir à enseigner dans la classe de cette enfant exceptionnelle. Quand leur métier leur semble

---

156. Éclat (n.m.) : *Ici, fraîcheur, intensité.*
157. Splendeur (n.f.) : *Très grande beauté.*

particulièrement ennuyeux, ils observent Sofia et se surprennent à rêver. Si on peut déjà admirer les nouvelles courbes de son corps de femme, on retrouve aussi toute la grâce de l'enfant dans son charmant visage. Ce mélange délicat de deux âges est incroyablement érotique. Son père en est bien conscient. Il s'inquiète souvent. Et s'il arrivait quelque chose à sa fille chérie ? Pour se rassurer, il a demandé au grand frère de Sofia, Davide, de la surveiller attentivement. Chaque matin, Davide accompagne donc sa sœur à l'école et le soir, il l'attend à la sortie des cours.

Sofia cependant ne s'intéresse pas à son apparence. Cette simplicité semble donner encore plus de charme à sa séduction. Son caractère est doux et calme. Sa beauté indiscutable[158] ne fait naître aucune envie[159]. En vérité, aucune tension ne vient troubler son existence. Les autres filles sont fières d'avoir pour compagne de classe une créature si parfaite. Leur jeune âge facilitant l'admiration, elles cherchent plus que tout à se faire aimer de Sofia. Une camarade lui prête sa magnifique collection de livres alors qu'une autre l'emmène en vacances,

158. Indiscutable (adj.) : *Impossible à discuter.*
159. Envie (n.f.) : *Ici, jalousie. Vouloir ce qui est à quelqu'un d'autre.*

quand ses parents lui permettent d'inviter une amie. Les garçons, eux, deviennent timides en sa présence. Ils osent à peine lui parler, même quand cela est nécessaire. Ils lui proposent seulement, tout en détournant le regard, de porter son cartable. À la belle saison, ils lui offrent des fleurs qu'ils ont cueillies sur le chemin de l'école. Sofia accepte ces marques d'amitié avec modestie[160]. Elle semble toujours émerveillée de ces attentions.

Un jour pourtant, cela change. Un matin de printemps, Matteo, un jeune homme de seize ans, aux yeux noirs comme du charbon, apparaît dans son existence. Il vient du sud. Il parle avec assurance[161] et un accent chantant colore ses mots. À peine une semaine après son arrivée, de brillants fils blancs commencent à se mêler aux cheveux sombres de Giovanni Costanza. Le Signore Costanza n'a pas l'esprit fermé. Il peut accepter que sa fille adorée tombe amoureuse. Cependant, la voir soudainement se transformer en un être parfaitement inconnu le rend profondément triste. En effet, du jour au lendemain, l'aimable Sofia s'est

160. Modestie (n.f.) : *Simplicité, discrétion.*
161. Assurance (n.f.) : *Certitude, confiance.*

changée en un vrai tyran[162]. Elle est devenue têtue, capricieuse[163] et parfois même cruelle[164]. Cela attriste profondément le vieux veuf.[165]

Sofia informe rapidement son père qu'elle ne veut plus que son frère fasse le chemin avec elle. Elle a trouvé un garçon pour l'accompagner. Elle ne supportera personne d'autre pour marcher à ses côtés. Pour la première fois, Giovanni voit dans les yeux de sa chère enfant une lueur[166] de défi. Il ne reconnaît plus dans cette femme coquette[167] et autoritaire sa tendre Sofia.

La beauté de Sofia était un cadeau qu'elle donnait au monde avec simplicité. À peine en a-t-elle pris conscience[168] qu'elle commence à en souffrir. Très vite, ce qui a été un plaisir devient une peine. Elle y pense tout le temps. Dès qu'elle se lève, elle court vers son miroir. Elle choisit ensuite dans son armoire la robe qui la mettra en valeur.

---

162. Tyran (n.m.) : *Ici, personne autoritaire et capricieuse.*
163. Capricieux (adj.) : *Qui cherche toujours à obtenir ce dont il a envie et qui change souvent d'avis.*
164. Cruel (adj.) : *Méchant, qui aime faire souffrir.*
165. Veuf (n.m.) : *Homme dont la femme est morte.*
166. Lueur (n.f.) : *Faible, très petite lumière.*
167. Coquette (adj.) : *Qui cherche à plaire, qui fait attention à son apparence.*
168. Prendre conscience de quelque chose (loc.) : *Se rendre compte.*

Elle passe ses journées à vérifier qu'elle est la plus élégante, la plus charmante, la plus aimable. Sofia ne devrait pourtant pas douter de ses charmes. Au contraire, sa beauté, qui était tranquille, comme endormie, s'est réveillée et est devenue vive, sauvage, étourdissante.

Sofia n'a pas de rivale[169] à craindre car le beau Matteo est complètement séduit. Elle brûle[170] pourtant de la plus violente jalousie. Au début de sa relation avec le jeune homme, elle lui a donné une photographie d'elle, prise le jour de ses quatorze ans. Elle y est superbe. Matteo la porte sur lui en permanence et la regarde à tout moment de la journée. Cette preuve d'amour ne suffit pas à rassurer Sofia. Au contraire, elle pense que son amoureux rêve d'une image d'elle qui ne lui ressemble plus. Cela l'obsède[171]. Souvent, elle demande à Matteo de lui prêter le portrait, afin de l'observer un instant. Elle s'y revoit avec toute la douceur qui était la sienne à l'époque. Elle déteste la jeune fille qui sourit sur le cliché. Elle a envie

---

169. Rivale (n.f.) : *Concurrente, personne en compétition avec une autre.*
170. Brûler (v.) : *Ici, souffrir.*
171. Obséder (v.) : *Ne pas quitter les pensées (elle y pense tout le temps).*

de déchirer la photographie, mais elle a peur de la colère de Matteo. Elle sait que son geste rendrait encore plus forte l'image de l'adolescente qu'elle a été. Il l'imprimerait définitivement dans l'esprit de celui qu'elle aime. Elle sait aussi qu'elle ne sera plus jamais cette enfant douce et innocente. Comme pour Dorian Gray, son portrait mesure l'exacte distance qui la sépare de sa pureté perdue. Bientôt, Matteo comprendra que celle qu'il aime n'existe plus. Une femme à l'âme noire de regrets et d'envie l'a remplacée.

Sofia souffre même de devoir se montrer joyeuse quand Matteo ou l'un de ses amis la complimente sur sa beauté grandissante. Une allusion au carmin[172] de ses lèvres ou au velours[173] de ses cils lui blesse le cœur comme autant de coups de couteau. Tout lui rappelle ce qu'elle a perdu. Heureusement, seul le père de Sofia semble être conscient des mouvements de l'âme de sa fille. Il vieillit à vue d'œil. Il devient de plus en plus faible alors que sa fille resplendit[174] chaque jour davantage. Tout le village est surpris de voir cet

172. Carmin (n.m.) : *Rouge.*
173. Velours (n.m.) : *Matière très douce.*
174. Resplendir (v.) : *Rayonner, être beau.*

homme, qui était si chaleureux et heureux, montrer maintenant un visage inquiet et fermé. Sofia, elle, passe ses nuits à pleurer et à se retourner dans son lit. Cela épuise[175] le vieil homme.

Un soir, Giovanni n'en peut plus. Il décide de mettre fin à la souffrance de sa fille pour faire également cesser[176] la sienne. Il a trouvé une solution pour retrouver la paix, pour ne plus s'angoisser[177] de la peine[178] de son enfant. Il va l'emmener dans un endroit paisible, un lieu sans miroir et loin du monde. Là-bas, elle pourra guérir de son orgueil.

Ils partent tous trois vivre dans la maison de campagne que l'un de leurs parents possède dans le sud de l'Italie. Ils y vivent grâce à la petite pension[179] de Giovanni et au salaire que Davide reçoit pour un travail dans un bar du village voisin. Leur existence simple convient à Sofia qui s'apaise peu à peu. Elle retrouve le sommeil. Enfin son visage redevient serein[180] et Giovanni s'en réjouit.

---

175. Épuiser (v.) : *Fatiguer beaucoup.*
176. Cesser (v.) : *Arrêter.*
177. S'angoisser (v.) : *Se faire du souci, s'inquiéter.*
178. Peine (n.f.) : *Tristesse, souffrance.*
179. Pension (n.f.) : *Retraite.*
180. Serein (adj) : *Calme, apaisé.*

Cependant, quelques mois après l'arrivée de la famille Costanza, un événement inattendu se produit. Un soir, alors qu'on s'allait se mettre à table, on entend de grands cris. Davide court dans la direction du bruit. Un accident de voiture a eu lieu sur la route, non loin de la maison. Giovanni est un homme généreux. Il ne peut pas refuser de recevoir les victimes en attendant les secours. Il les accueille donc. Parmi eux se trouve un jeune homme, blessé à la jambe. Quand celui-ci ouvre les yeux, il aperçoit une madone[181] au visage d'une rare perfection. Aussitôt, malgré la douleur, il ressent un violent désir pour elle. Sofia, remarquant immédiatement l'intensité de ce regard, se précipite[182] dans sa chambre. Elle en ressort un peu plus tard pour participer au repas préparé par Giovanni pour ses invités. Ses longs cheveux blonds sont coiffés avec art et elle porte une splendide[183] robe de coton rouge sang.

---

181. Madone (f.) : *Ici, femme très belle au visage pur.*
182. Se précipiter (v.) : *Aller très vite.*
183. Splendide (adj.) : *Très belle.*

TABLE DES MATIÈRES

MONDES EN VF

Crédits

Principe de couverture : David Amiel et Vivan Mai
Direction artistique : Vivan Mai
Crédits iconographiques de la couverture : Topic Photo Agency/ Corbis

Mise en pages : Nelly Benoit

Enregistrement, montage et mixage : BUND

ISBN 978-2-278-08099-1 – ISSN 2270-4388 – Dépôt légal : 8099/06
Achevé d'imprimer en décembre 2023 en France par Dupliprint (Mayenne)
N° 2986368S